LA BRABANÇO
GÖTTERDÄMMERUNG
RICHARD WAGNER
MURAD
Théâtre de la Monnaie
Brüssel
Gesamtgastspiel
Großherzgl. Hoftheaters
Hofmusik Darmstadt
Sonntag, 30. Januar, 6 Uhr
„Fidelio
„Die Meistersinger
Montag, 31. Januar, 8 Uhr
Konzert der Großherzgl. Hofmusik
Dienstag, 1. Februar 7½ Uhr
Der fliegende Holländer
Paul Ottenheimer
Kurt Stridrodt
Robert Preuss

CARIN · RIVIERE · BORILE

VICTOR SACKVILLE,
L'ESPION DE GEORGE V

LE MIROIR DU SPHINX

Mise en couleurs de Luce Daniels

EDITIONS DU LOMBARD
BRUXELLES — PARIS

Dépôt légal: septembre 1988
ISBN.2-8036-0683.6
Imprimé en Belgique par Proost sprl

D.1988-0086-2238

Gaza, juillet 1917...
PAN PAN
GODDAM! LES TURCS!!
Simpson, mon vieux... Tenez le coup! Nous touchons presque à Gambi!!
PAN PAN PAN

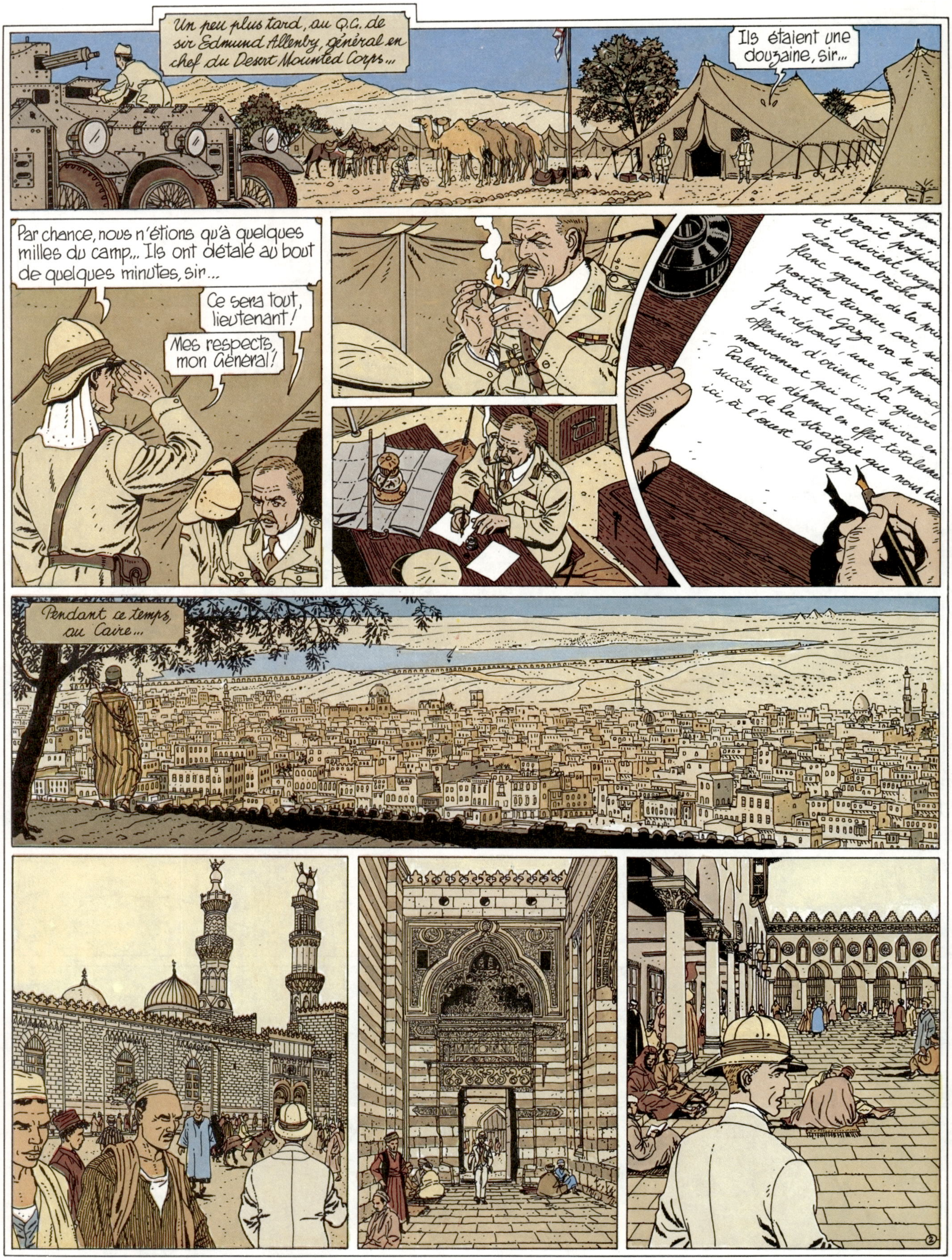

Un peu plus tard, au Q.G. de sir Edmund Allenby, général en chef du Desert Mounted Corps...
Ils étaient une douzaine, sir...
Par chance, nous n'étions qu'à quelques milles du camp... Ils ont détalé au bout de quelques minutes, sir...
Ce sera tout, lieutenant !
Mes respects, mon Général !
et il devient
créer une brèche
flanc gauche de la
position turque, car,
front de Gaza va se
J'en réponds, une des
offensives d'orient... La guerre
mouvement qui doit suivre
Palestine dépend en effet
succès de la stratégie que nous
ici, à l'ouest de Gaza
Pendant ce temps, au Caire...

Comtesse!! Quelle heureuse surprise! Je ne connaissais pas votre goût pour l'art musulman...
C'est que j'ai trouvé un guide précieux. Les arcs des portiques et les Califes Fatimides n'ont pas de secret pour Aziz...
Oh, Miss! Vous êtes trop indulgente...
Les affaires politiques vous laissent-elles donc du répit, Mr. Tompkins?
Oh! Je passe parfois me recueillir ici... Vous savez, cette mosquée est une des plus grandes universités du monde arabe... Disons qu'elle me rappelle un Oxford que je n'ai pas connu...
Ah! Ah! Vous pratiquez l'humour anglais?
Je n'ai pas cette prétention, ma chère... Ne saviez-vous pas que j'étais de Sydney? Vous savez, le pays des kangourous...
Ah! Oui! Je vous laisse à vos méditations, cher ami. Je vous revois demain, n'est-ce pas?
Quelle femme extraordinaire...
Voyons Aziz, j'espère que vous n'avez pas succombé au charme de la Comtesse Despina... Il n'y a pas de rose sans épine...
Et elle a cet accent indéfinissable!...
Oui... Et ce n'est pas seulement l'accent des salons parisiens... Mais venons-en aux choses sérieuses.
J'ai fait tout ce que vous m'avez demandé, Effendi. Je lui ai presque fait un dessin de la Résidence... L'entrée, les escaliers, les portes... Elle pourrait s'y retrouver les yeux fermés...
Je n'en doute pas! Ce que femme veut, Dieu le veut! Elle sera à la réception de Maxwell demain, et je vous parie un loukoum qu'elle s'éclipsera avec toute la discrétion voulue...
الله أكبر

Un peu plus tard...
BUFFET UNDER THE MANAGEMENT OF THE SLEEPING CAR Cie
CAIRO
Sackville ! Par ici !
Hello, Sackville, quelle joie de vous revoir ! Vous n'avez pas changé depuis notre séjour à Tanger ! Toujours aussi fringant...
Heureux de vous retrouver, Tompkins. Vous êtes en pleine forme. On dirait que le pays des pharaons vous convient !
35° à l'ombre... J'ai fini par m'y habituer... Vous verrez, cela va vous changer du brouillard de Londres !
Oh ! J'y ai fait une courte escale, le temps d'être informé par le MI5 que vous aviez besoin d'aide...
Nous parlerons de cela plus tard... Vous avez besoin de repos ! Moi, après 200 km de désert, j'étais fourbu...
Mais vous lisez déjà la presse locale !?
Achetée à Alexandrie... On y trouve la prose d'un de mes vieux amis, Raoul Decamp. Je ne savais pas qu'il était au Caire ! L'avez-vous déjà rencontré ?

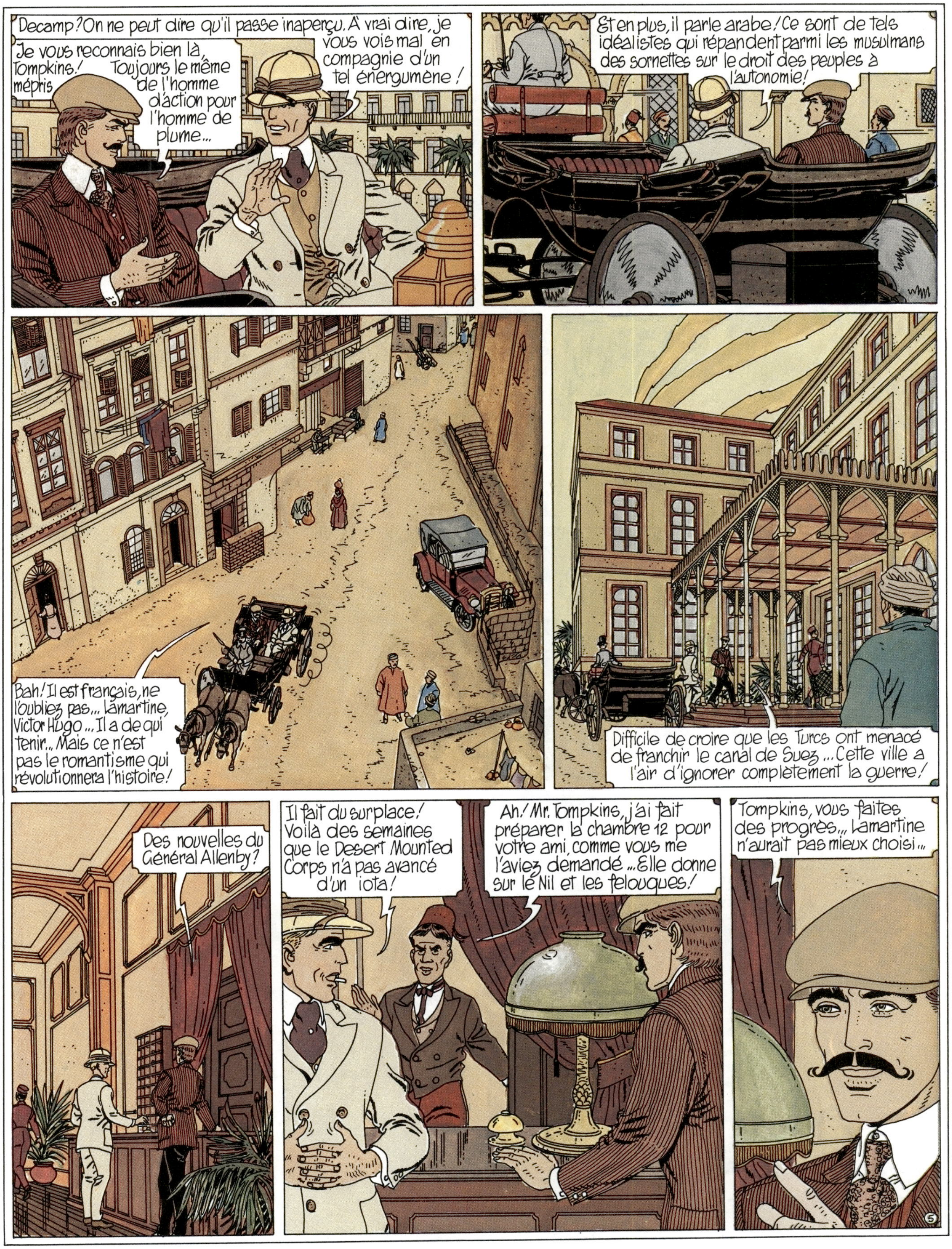
Decamp? On ne peut dire qu'il passe inaperçu. À vrai dire, je vous vois mal en compagnie d'un tel énergumène !
Je vous reconnais bien là, Tompkins ! Toujours le même mépris de l'homme d'action pour l'homme de plume...
Et en plus, il parle arabe ! Ce sont de tels idéalistes qui répandent parmi les musulmans des sornettes sur le droit des peuples à l'autonomie !
Bah ! Il est français, ne l'oubliez pas... Lamartine, Victor Hugo... Il a de qui tenir... Mais ce n'est pas le romantisme qui révolutionnera l'histoire !
Difficile de croire que les Turcs ont menacé de franchir le canal de Suez... Cette ville a l'air d'ignorer complètement la guerre !
Des nouvelles du Général Allenby ?
Il fait du surplace ! Voilà des semaines que le Desert Mounted Corps n'a pas avancé d'un iota !
Ah ! Mr. Tompkins, j'ai fait préparer la chambre 12 pour votre ami, comme vous me l'aviez demandé... Elle donne sur le Nil et les felouques !
Tompkins, vous faites des progrès... Lamartine n'aurait pas mieux choisi...
5

Vous n'avez pas froid aux yeux, Madame... Les tombeaux des Califes sont pourtant réputés pour les détrousseurs qui y pullulent...
El Akkad ?

Avez-vous le matériel ?
Ne craignez rien, El Akkad, je sais me défendre...
On me l'a apporté hier... Je vais vous expliquer le fonctionne...
Laissez ! Je sais comment ça marche !
Vous êtes étonné qu'il ait choisi une femme pour cette tâche, n'est-ce pas ?
Nos deux causes sont différentes, Madame, mais elles se rejoignent. Je n'ai donc pas de jugement à émettre sur les dispositions prises par nos amis...
Je n'ai que faire de cette guerre !... Sachez, El Akkad, que les Allemands nous rétribuent grassement pour ce genre de travail...
Nos causes !!! Ah ! Ah !
J'aurai les photographies demain... Je les déposerai à l'endroit qu'il m'a recommandé... Faites-lui mes amitiés !
Ça alors ! Il va en faire une tête, Ducholet !
Si la femme était un être fréquentable, Allah en aurait créé une pour lui...

Patron!!
COMPAGNIE GENERALE TRANSATLANTIQUE
PAQUEBOTS-POSTE FRANÇAIS
LIGNE DU HAVRE A NEW-YORK
TOUS LES SAMEDIS DEPART DIRECT
LIGNES des ANTILLES
de SAINT NAZAIRE
FOLIES-BERGÈRE
Pour 8 SOIRÉES
Début SAMEDI 12 MAI
JAMES J. CORBETT
Ah! Vous voila Leclerq! Je viens de découvrir un nouveau chef-d'œuvre...
Patron, j'ai...
Blablabla! Ecoutez plutôt... Larder la pièce de veau. Ensuite... Garnir le fond de la cocotte de morceaux de couenne, de rondelles de carottes et d'oignons émincés. Mettre la...
Patron! J'ai filé la comtesse et je me suis retrouvé chez nos amis du Hasb-el-Watan!
Ah bon!!!
J'en suis sûr, patron... Primo, j'ai reconnu El Akkad! Secundo, d'après un de mes ramasseurs de mégots, le mouvement se réunit parfois dans la plaine des Califes... Tertio...
Mon intuition ne me trompait pas... Cette Despina n'est pas plus comtesse que mon cousin Hyppolite! Notre bureau de Paris va sûrement nous trouver quelques tuyaux sur elle!...
LA BONNE CUISINE FRANÇAISE
Hasb-el-Watan! Que nous mijotent encore ces satanés extrémistes? Le dernier attentat remonte à peine à trois semaines. Je croyais que le répit serait plus long...
Je n'ai pas saisi grand-chose, patron... Mais la comtesse a parlé de photographies
Où allons-nous si les Arabes se mêlent de techniques modernes?... Des photographies?!!

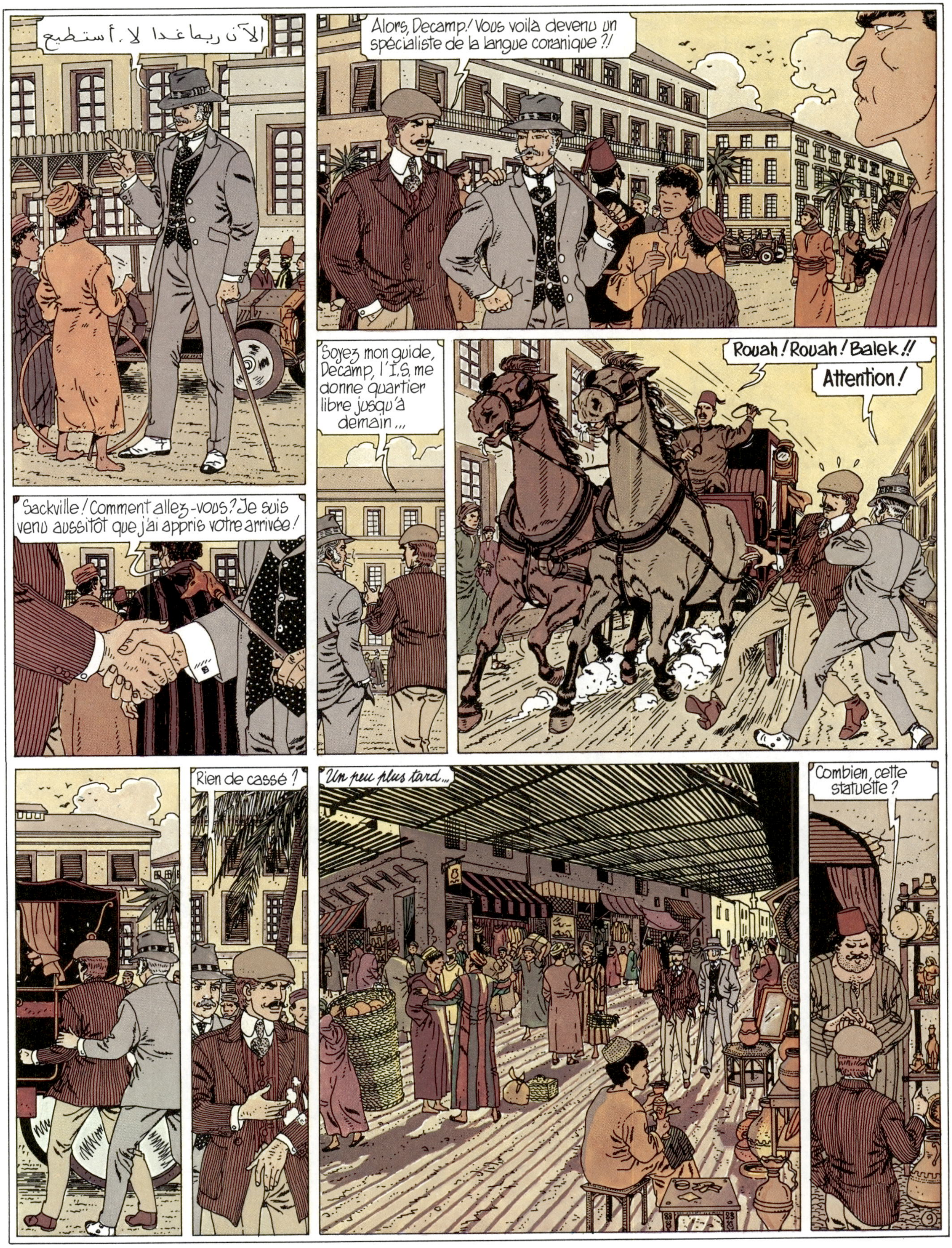
الآن ربما غدا لا، أستطيع
Alors, Decamp! Vous voila devenu un spécialiste de la langue coranique ?!
Sackville! Comment allez-vous? Je suis venu aussitôt que j'ai appris votre arrivée!
Soyez mon guide, Decamp, l'I.S. me donne quartier libre jusqu'à demain ...
Rouah! Rouah! Balek!!
Attention!
Rien de cassé?
Un peu plus tard...
Combien, cette statuette?

Pas cher, Effendi, pas cher... Elle vient du temps des pharaons... Deux mille ans au moins!
Aménophis IV... Elle doit avoir tout au plus quelques mois!
Toi au moins, tu y connais quelque chose, Effendi... Je t'ai déjà vu, tu sais! Oui, oui! Tu es déjà venu ici avec une belle jolie Madame, hein?
Elle a acheté un très beau bracelet avec un sphinx... Tu en veux un autre? Attends, je reviens...
Allons-nous-en, Sackville! Ce Syrien ne vous refilera que de la camelote!
Un peu plus tard, au Café Central...
CAFE CENTRAL
Regardez-les, Sackville! Celui-là a encore la tête d'Akhenaton... Et cet autre, ne vous rappelle-t-il pas Ramsès II?
Ah! Ah! Un vrai musée, en somme?
Si l'on veut... L'Égypte pharaonique n'a pas changé. Elle est ici-même dans les rues du Caire...
Bel objet...
Elle me vient d'un ami très cher... Il est mort à vingt ans sous les sabots d'un cheval...
Mais, vous souriez?
Oh! Il y a des siècles de cela, et à la fois c'était hier... Le temps est double, Sackville, il meurt un peu comme ce phénix des Égyptiens, pour renaître aussitôt...
10

Qu'est-ce qu'on ferait sans vous, Miss Pedrotti ?
C'est qu'il y a du beau monde, aujourd'hui ! T'as vu comment elle est nippée, la femme de Maxwell !
Ah ! Ah ! On dirait un vieux rideau à fleurs ! P't'être qu'elle a tout mis en vente pour sa fête de Charité !
Mon cher, je compte sur vous pour les encourager...
Mes chers amis, je voudrais tous vous remercier pour avoir honoré de votre présence cette petite fête... Comme vous le savez tous, le produit de la loterie que nous allons organiser servira à soigner et réconforter nos valeureux soldats qui...
Et ne pensez-vous pas, Tompkins, que cela aiderait la progression de nos troupes sur le front turc ?...
Old boy, tout vient à point à qui sait attendre...
Et nous parlerons de tout cela plus tard, n'est-ce pas ?... Regardez ! Un double six ! Cela va me porter chance !
Oh ! Comtesse ! Permettez-moi de vous présenter Mr Sackville !
11

Oui, il est d'une grande désinvolture...
Je vous l'avoue, j'ai bien du mal à reconnaître le Tompkins de jadis... Une brillante carrière, vous savez... Il a saboté trois ou quatre usines du côté d'Essen au début de la guerre...
Mr Aston... Vous tirez un très bon numéro, j'en suis sûre...
...Et à l'I.S., nous avons coutume de dire que lorsque sa dynamite rate, il arrache les rails avec les dents!
Une réputation des plus enviables...
Oui... Je ne comprends pas cette nouvelle attitude... L'influence du climat sans doute... Ce soleil est réellement accablant, ne trouvez-vous pas?
Je dois vous faire un aveu, comtesse... Je ne cesse de rêver de Paris! Un jour, peut-être, me ferez-vous l'honneur de votre belle ville...
Vous êtes la plus séduisante femme que ce jardin ait jamais accueillie, comtesse...
Ah! Ah! Cher Mr Tompkins, j'ai bien l'impression que vous avez trop bu aujourd'hui...
Assez en effet pour dire des choses que je pense depuis longtemps, n'est-ce pas...
Que diriez-vous d'un peu d'ombre et de calme, comtesse?

Après tout, nous avons été les premiers à planter des cotonniers dans le Delta... Et c'est un ingénieur français également qui a entrepris les travaux du grand barrage en basse Égypte... Ai-je raison ?
Tout à fait !
Bref, je me suis toujours demandé comment vous étiez parvenus, vous les Anglais, à nous flanquer littéralement hors du jeu égyptien... Qu'en pensez-vous, Mr Mansour ?
Votre défaite, Mr Ducholet, remonte à 1882...
Je suis heureux que notre brillant avocat parle de défaite ! Car c'est bien de cela qu'il s'agit !
Quand le chat est parti, les souris dansent ! Avouez que le bureau de Maxwell vaut la suite royale d'un grand palace !
Je ne savais pas que le haut-commissaire appréciait les impressionnistes français...
... et à la révolte d'Arabi, nous avons réagi comme des mauviettes, tandis que votre gouvernement, Mr Sackville usait de la manière forte ! Notre beau condominium anglo-français, s'est évaporé dans la fumée des canons de votre flotte.
C'est ce qu'on appelle une main de fer dans un gant de velours...
Est-ce notre faute si la France n'a jamais eu en Afrique qu'une politique de dilettante ?!
13

Faites de beaux rêves, cher Mr Tompkins!
Le numéro 23 gagne une superbe nature morte de Gaspardi...
Il est avocat, disiez-vous?
Oui, un brillant élément. C'est un modéré du parti Populaire de Saad Zagloul... Des gens pleins de complaisance!
Ce n'est pas comme les fanatiques du parti Patriotique... Même la masse nous rejette. Désormais, les Egyptiens détestent autant les Britanniques que les Français... Cela, Mr Sackville doit au moins nous lier!
CLIC

Le numéro 35 gagne un gâteau amoureusement préparé par Miss Cornell...
Où est passée la Comtesse ?
Je l'ai vue en compagnie de Tompkins... Ils allaient vers la Résidence...
Ah ! Les coquins... Et ensuite ?
Comment ça, ensuite ?
Mais nom d'une pipe, Leclerq ! Quand apprendrez-vous qu'une filature est de tous les instants ? Vous ne devez pas les lâcher d'une semelle !!...
B... bien, patron !
Le numéro 12 gagne un coussin... Un petit trésor ravissant, brodé par Mrs Kenney !
Ce blanc-bec saboterait-il mes plans ?
15

Mais où étiez-vous donc, Tompkins ? Vous avez l'air en piteux état...
Le whisky, mon cher, le whisky... Toute médaille a son revers...
Primo, je ne pouvais pas imaginer que Tompkins s'endormirait, secundo, la comtesse ne ...
Blablabla, Leclerq, vous êtes nul !
27
BRITISH EMBASSY

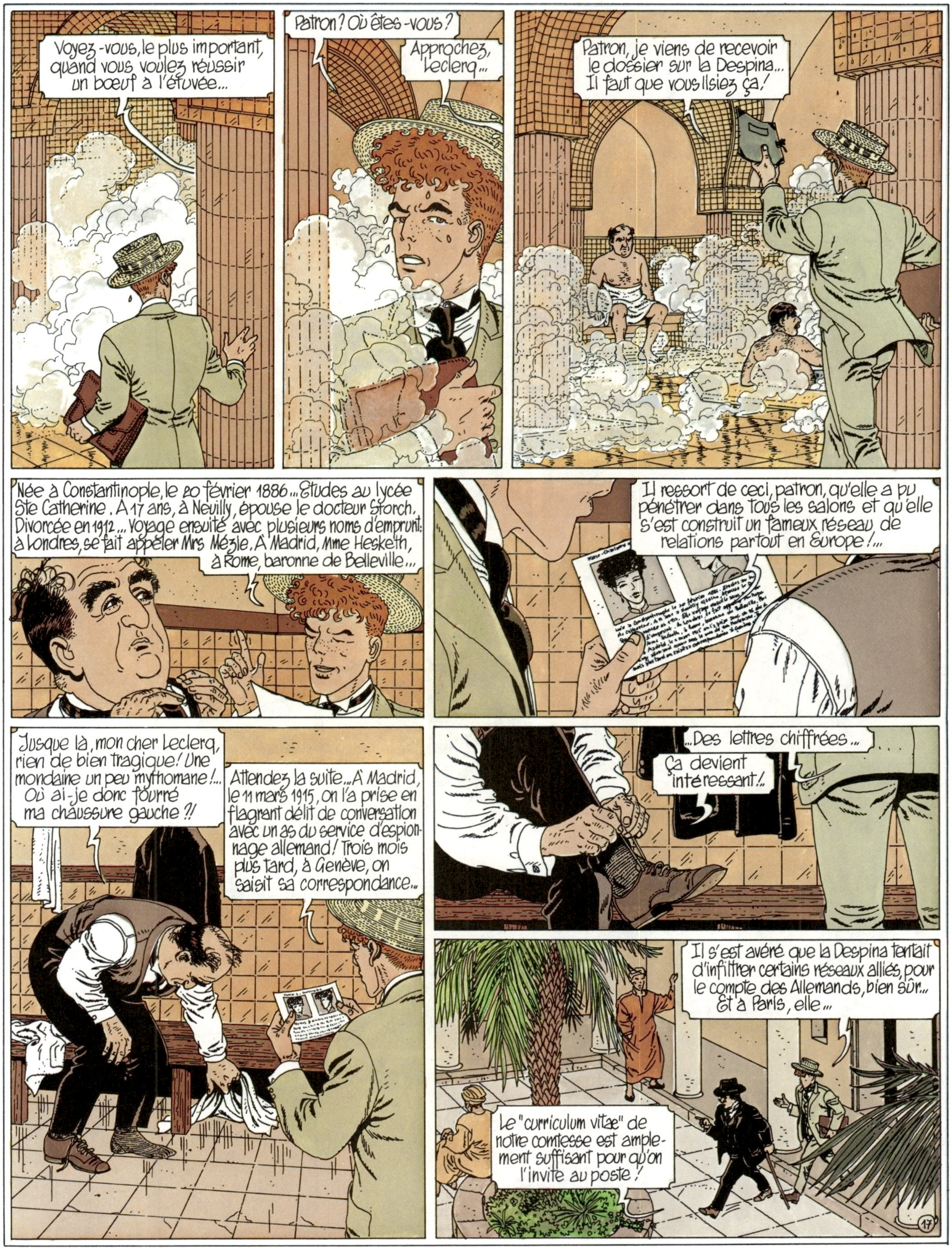
Voyez-vous, le plus important, quand vous voulez réussir un boeuf à l'étuvée...
Patron ? Où êtes-vous ?
Approchez, Leclerq...
Patron, je viens de recevoir le dossier sur la Despina... Il faut que vous lisiez ça !
Née à Constantinople, le 20 février 1886... Études au lycée Ste Catherine. A 17 ans, à Neuilly, épouse le docteur Storch. Divorcée en 1912... Voyage ensuite avec plusieurs noms d'emprunt : à Londres, se fait appeler Mrs Mézie. À Madrid, Mme Hesketh, à Rome, baronne de Belleville...
Il ressort de ceci, patron, qu'elle a pu pénétrer dans tous les salons et qu'elle s'est construit un fameux réseau de relations partout en Europe !...
Jusque là, mon cher Leclerq, rien de bien tragique ! Une mondaine un peu mythomane !... Où ai-je donc fourré ma chaussure gauche ?!
Attendez la suite... À Madrid, le 11 mars 1915, on l'a prise en flagrant délit de conversation avec un as du service d'espionnage allemand ! Trois mois plus tard, à Genève, on saisit sa correspondance...
...Des lettres chiffrées...
Ça devient intéressant !...
Il s'est avéré que la Despina tentait d'infiltrer certains réseaux alliés, pour le compte des Allemands, bien sûr... Et à Paris, elle...
Le "curriculum vitae" de notre comtesse est amplement suffisant pour qu'on l'invite au poste !
17

Un peu plus tard ...
Simonet, attendez ici ! La Despina est de la Haute ! Pas besoin de lui passer les menottes...
المرأة سجنتها الشرطة.
Prends par Sidi El Khatiri !
PAN
18

?!?
Bon sang, Leclerq ! Rattrapez-les !
PAN
PAN
POF
BONG
Celui-ci a son compte !
Son acolyte a décampé sans demander son reste ! Patron, on est des as, pas vrai ?...
19

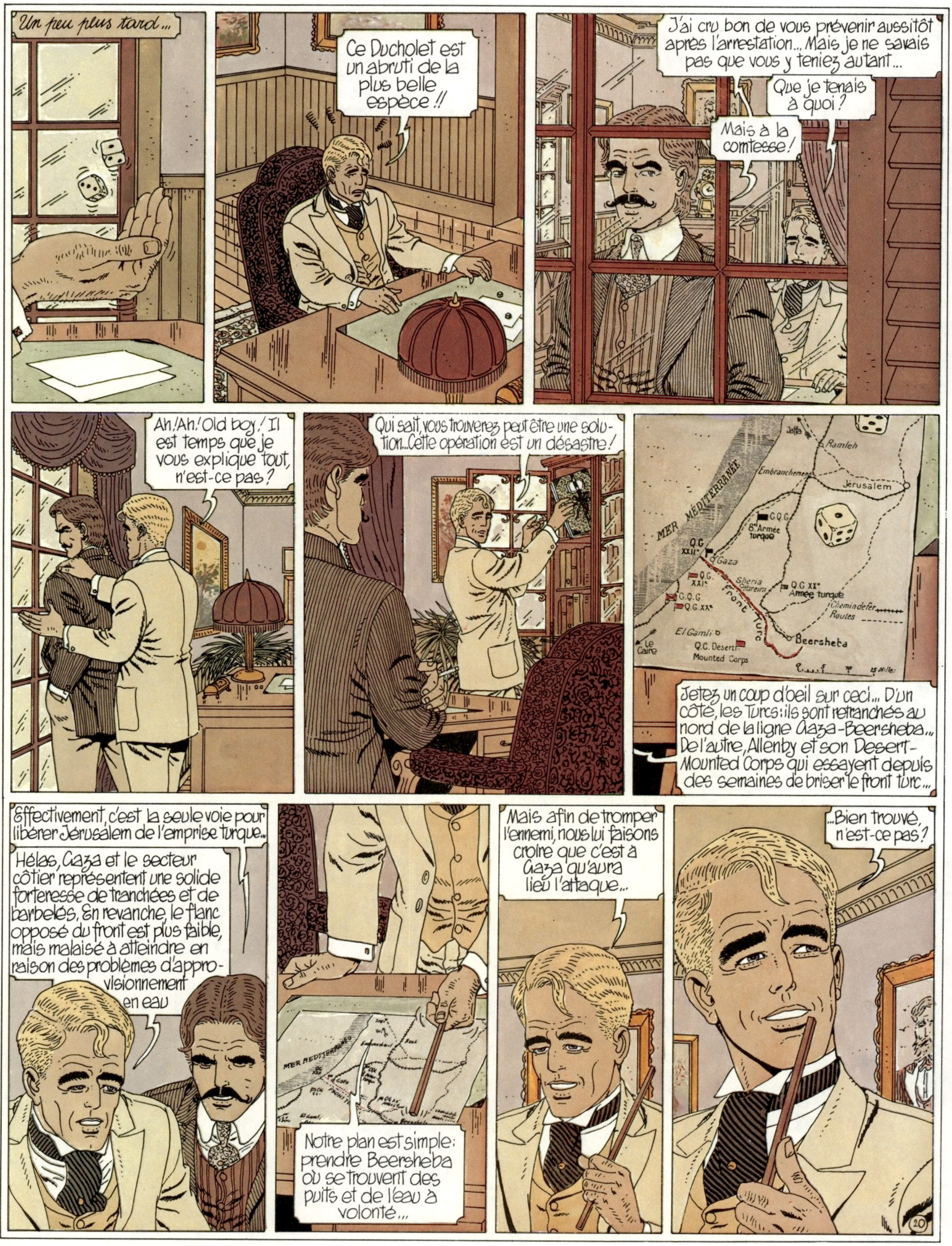
Un peu plus tard...
Ce Ducholet est un abruti de la plus belle espèce !!
J'ai cru bon de vous prévenir aussitôt après l'arrestation... Mais je ne savais pas que vous y teniez autant...
Que je tenais à quoi ?
Mais à la comtesse !
Ah ! Ah ! Old boy ! Il est temps que je vous explique tout, n'est-ce pas ?
Qui sait, vous trouverez peut être une solution... Cette opération est un désastre !
Jaffa
Ramleh
Embranchement
Jérusalem
MER MÉDITERRANÉE
G.Q.G.
8e Armée turque
Q.G. XXIIe
Gaza
Q.G. XXIe
Sheria Oshreira
Front Turc
Q.G. XXe Armée turque
G.Q.G.
Q.G. XXe
Chemin de fer
Routes
El Gamli
Le Caire
Q.C. Desert Mounted Corps
Beersheba
15 Milles
Jetez un coup d'oeil sur ceci... D'un côté, les Turcs : ils sont retranchés au nord de la ligne Gaza-Beersheba... De l'autre, Allenby et son Desert-Mounted Corps qui essayent depuis des semaines de briser le front turc...
Effectivement, c'est la seule voie pour libérer Jérusalem de l'emprise turque...
Hélas, Gaza et le secteur côtier représentent une solide forteresse de tranchées et de barbelés. En revanche, le flanc opposé du front est plus faible, mais malaisé à atteindre en raison des problèmes d'approvisionnement en eau
Notre plan est simple : prendre Beersheba où se trouvent des puits et de l'eau à volonté...
Mais afin de tromper l'ennemi, nous lui faisons croire que c'est à Gaza qu'aura lieu l'attaque...
...Bien trouvé, n'est-ce pas ?
20

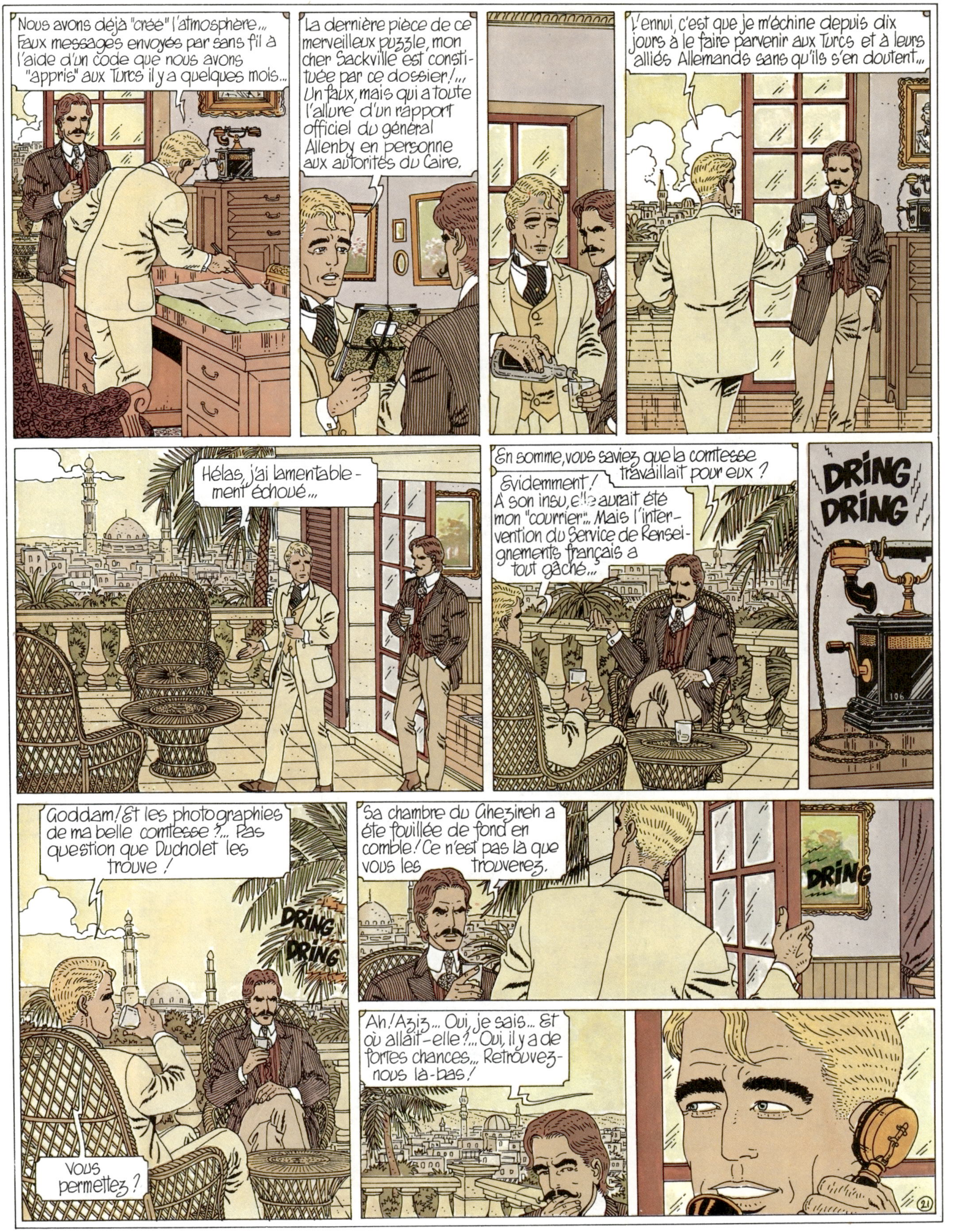
Nous avons déjà "créé" l'atmosphère... Faux messages envoyés par sans fil à l'aide d'un code que nous avons "appris" aux Turcs il y a quelques mois...
La dernière pièce de ce merveilleux puzzle, mon cher Sackville est constituée par ce dossier!... Un faux, mais qui a toute l'allure d'un rapport officiel du général Allenby en personne aux autorités du Caire.
L'ennui, c'est que je m'échine depuis dix jours à le faire parvenir aux Turcs et à leurs alliés Allemands sans qu'ils s'en doutent...
Hélas, j'ai lamentablement échoué...
En somme, vous saviez que la comtesse travaillait pour eux ?
Evidemment! À son insu, elle aurait été mon "courrier"... Mais l'intervention du Service de Renseignements français a tout gâché...
DRING DRING
Goddam! Et les photographies de ma belle comtesse ?... Pas question que Ducholet les trouve!
DRING DRING
Vous permettez ?
Sa chambre du Ghezireh a été fouillée de fond en comble! Ce n'est pas là que vous les trouverez.
DRING
Ah! Aziz... Oui, je sais... Et où allait-elle ?... Oui, il y a de fortes chances... Retrouvez-nous là-bas!
21

Cessez de tourner autour du pot, Tompkins... Pourquoi ne pas m'avoir tout raconté plus tôt ?
Vous voulez vraiment le savoir, Sackville ? Et bien, vous avez des fréquentations indignes d'un agent de l'I.S. ! Pour tout vous dire, j'ai douté de vous au point de ne pas vous mettre dans le secret de cette affaire !
Consolez-vous, mon cher ! Moi aussi, je vous ai soupçonné des pires traîtrises...
Et d'abord, à quelles fréquentations faites-vous allusion ?
Il s'agit de votre ami Decamp ! Je le crois en contact avec cette engeance musulmane ! Des extrémistes liés aux Turcs et aux Allemands...
Vous divaguez, Tompkins, ce n'est pas...
Effendi ! Je viens de repérer la felouque !
Une curieuse cachette, isn't it ? C'est là que la comtesse a dissimulé son butin !
Voyez, c'est la felouque rouge, là-bas ! Nous serons tranquilles, il n'y a personne.
Vous appelez cela, "personne" ?
Mais... C'est que le bougre a l'air de savoir ce qu'il cherche !!
22

Par Allah! C'est exactement à cet endroit que j'ai vu la comtesse cacher l'appareil photographique!
Mansour!
Brillant avocat soi-disant modéré... À mon avis, Ducholet n'a rien compris à la politique égyptienne...
Effendi! Nous allons le perdre!
Bon sang! Le voilà qui décampe en automobile!
Laissez-le filer, Tompkins... C'est sans aucun doute lui qui a recruté la comtesse... En réalité, il est affilié au Hasb-el-Watan, le parti extrémiste égyptien pour qui les Turcs représentent les sauveurs du monde musulman...
Vous cherchiez un innocent messager qui puisse transporter votre faux dossier chez les Turcs? Pourquoi Mansour ne se chargerait-il pas de cette mission?
Sackville, vous êtes un homme avisé...
23

Peu après...
... Leurs services secrets ont été démantelés ?
Oui, et c'est là que le bât blesse... Depuis notre dernier coup de filet, le peu d'hommes dont le Kaiser disposait encore en Égypte ont déserté le Caire pour se retrancher vers le nord...
Le poisson que j'aurais aimé ferrer, c'est cette anguille de Fuchs, le plus redoutable des agents allemands soutenant les Turcs !
Avec deux ou trois agents collés aux basques de Mansour, nous ferons d'une pierre deux coups !
BRITISH DISPENSARY
Oui, il y a de fortes chances pour qu'il adresse son information à un agent aussi estimé que Fuchs... Mais nous avons à présent d'autres chats à fouetter...
Bonjour, Messieurs ! Vous cherchez le blessé, je suppose... Il a repris connaissance...
Entre vos mains de fée, Miss Pedrotti, il ne pouvait qu'être sauvé...
Ah ! Tompkins ! Je vous laisse ! Et bon courage ! Notre ami El Akkad est muet comme une carpe !
Vous ne quittez votre poste sous aucun prétexte ! Compris ? Jérôme vient vous relayer ce soir...
Alors, Leclerq, la suite de votre histoire ?
Eh bien... Après les quenelles aux truffes, ils ont servi un lapin à la Cléry...
Avec du jambon et des cèpes ? Oh, mon Dieu...

Ses amis anglais assisteront à la cérémonie du mariage! Sa mort sera d'autant plus spectaculaire... Nous le tuerons sur les marches de l'église Sainte-Barbara!
C'est un Copte qui a toujours montré avec trop de fierté qu'il appartenait à ces chiens de Chrétiens! Tu as raison, fils, de le choisir pour victime!
Oui... Notre geste sera symbolique... Il découragera tous ceux qui veulent encore collaborer avec l'occupant!
J'ai des armes! Nous serons trois... Qui m'accompagne?
25

Nous n'allons tout de même pas y passer la nuit !!!
Cet animal est plus têtu qu'une mule !
El Akkad, il n'est pas question ici de vos activités nationalistes... Nous voulons un nom, un seul ! Celui de votre complice allemand !
On m'a beaucoup parlé de votre père, Miss Pedrotti... Un grand homme d'affaires trop tôt disparu, n'est-ce pas ? Dommage, ce pays a encore besoin d'hommes de cette trempe...
Vous êtes bien le seul à le regretter ! Ici, les Européens ne lui ont pas pardonné d'avoir épousé une Égyptienne...
Je suis désolé...
Ah ! Ah ! Mais au contraire ! Mise au ban de cette bonne société cairote, je n'ai pas à souffrir de ses mesquineries ! N'est-ce pas cela la vraie liberté ?
Rien à faire, il ne parlera pas !
Il ne nous reste plus qu'à faire confiance à notre bonne étoile... et à compter sur la piste Mansour...
Le lendemain matin...
TOC TOC TOC
Entrez !
26

Votre breakfast, sir !...
Ah ! Enfin un dimanche au calme...
Mr. Sackville ! Mr. Sackville !
SUND
Aziz ?
Sir, Mr. Tompkins m'envoie vous dire qu'il vous attend à l'église Sainte Barbara ! C'est très urgent !
Allons bon ! Faut-il sacrifier mon bacon pour une messe ?
Alors, Mr. Ducholet, vous êtes de service même le dimanche ? Quel zèle !!
Bon, puisque vous voila, autant vous mettre dans le secret... De sources sûres, j'ai appris que les noces de Fayoum risqueraient de tourner à l'enterrement... Vous avez des hommes ? Ils ne seront pas de trop dans cette cohue !
Ainsi, El Akkad n'était pas vraiment sourd-muet ?!
Vous n'y êtes pas ! J'ai des informateurs beaucoup plus fiables...
...Hello !... Oui, il s'agit probablement des extrémistes du Hasb-el-Watan, panislamiques à outrance...
My God ! Cela risque bien de faire un carnage ! Il faut les identifier à tout prix !
27

Nos hommes et ceux de Ducholet sont aux aguets, mais...
Plaçons-les sur le parvis de l'église. Fayoum constituera une cible de choix lorsqu'il sortira en tête du cortège!
Merci... Sache, Hasan, que nous n'en sortirons peut être pas vivants!
Je sais.
... Mais notre cause est noble... le sang peut couler pour elle...
Allons-y, Frères!
Hourra!
Les voilà!
Bravo!

?!??
PAN
PAN
PAN

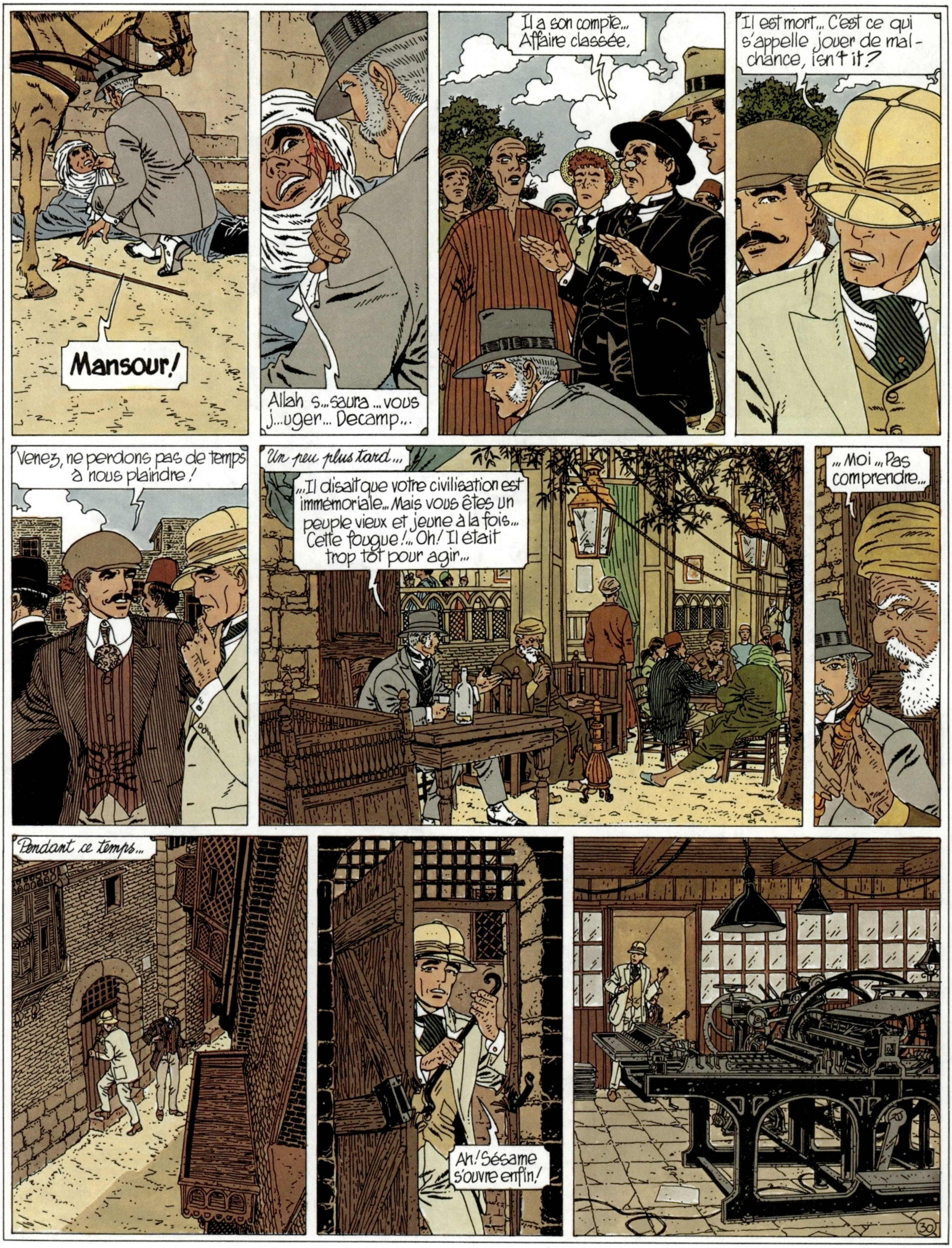

Mansour!
Allah s...saura ... vous j...uger... Decamp...
Il a son compte... Affaire classée.
Il est mort... C'est ce qui s'appelle jouer de malchance, isn't it?
Venez, ne perdons pas de temps à nous plaindre!
Un peu plus tard...
...Il disait que votre civilisation est immémoriale... Mais vous êtes un peuple vieux et jeune à la fois... Cette fougue!... Oh! Il était trop tôt pour agir...
... Moi... Pas comprendre...
Pendant ce temps...
Ah! Sésame s'ouvre enfin!
30

Eh bien! Pour un journal soi-disant confidentiel, le matériel est de premier choix!
Vous prenez le bureau de gauche? Je m'occupe de celui-ci!
My God! Quel fouillis! Autant chercher une aiguille dans une botte de foin!
Oh! Oh! Intéressant...
Et ceci l'est encore plus! Une vraie caverne d'Ali-Baba...
Et voilà nos photos! Sackville!
Regardez ce que j'ai découvert, mon vieux!
Vous avez raison, Mister! Cette fois, ils ont passé les bornes. C'est la sécurité du pays qui est en jeu!
3411
Nous allons suspendre les activités du Lewa, je vous le garantis!
31

Bon sang! Les flics égyptiens! Ducholet est avec eux ?!?
FAITS COMME DES RATS!!!
Venez! Nous pouvons sortir d'ici par les toits!
32

Plus tard, au Ghezireh Palace...
De vrais professionnels, ces hommes du Hasb-el-Watan! Avec un tel rapport à l'appui, vous ne pouvez plus nier que votre ami Decamp est dangereux!
Il aurait même travaillé à Bagdad pour les extrémistes! Et il n'est probablement pas étranger aux révoltes de Port-Saïd, il y a quelques mois...
Je n'en crois pas un mot! Ce dossier est une pure invention!... Et d'abord, quand serait-il allé à Bagdad? Il a passé tout le début de la guerre à Florence!
Il n'y a que la vérité qui blesse, Sackville! Je comprends votre dépit... Mais voyez: il a même été lié au Cheik Wardani! Cette photographie le prouve, comme...
VLAN
Sackville?!...
Peu après...
Mr Decamp?... Il vient de régler sa note...
?!?
33

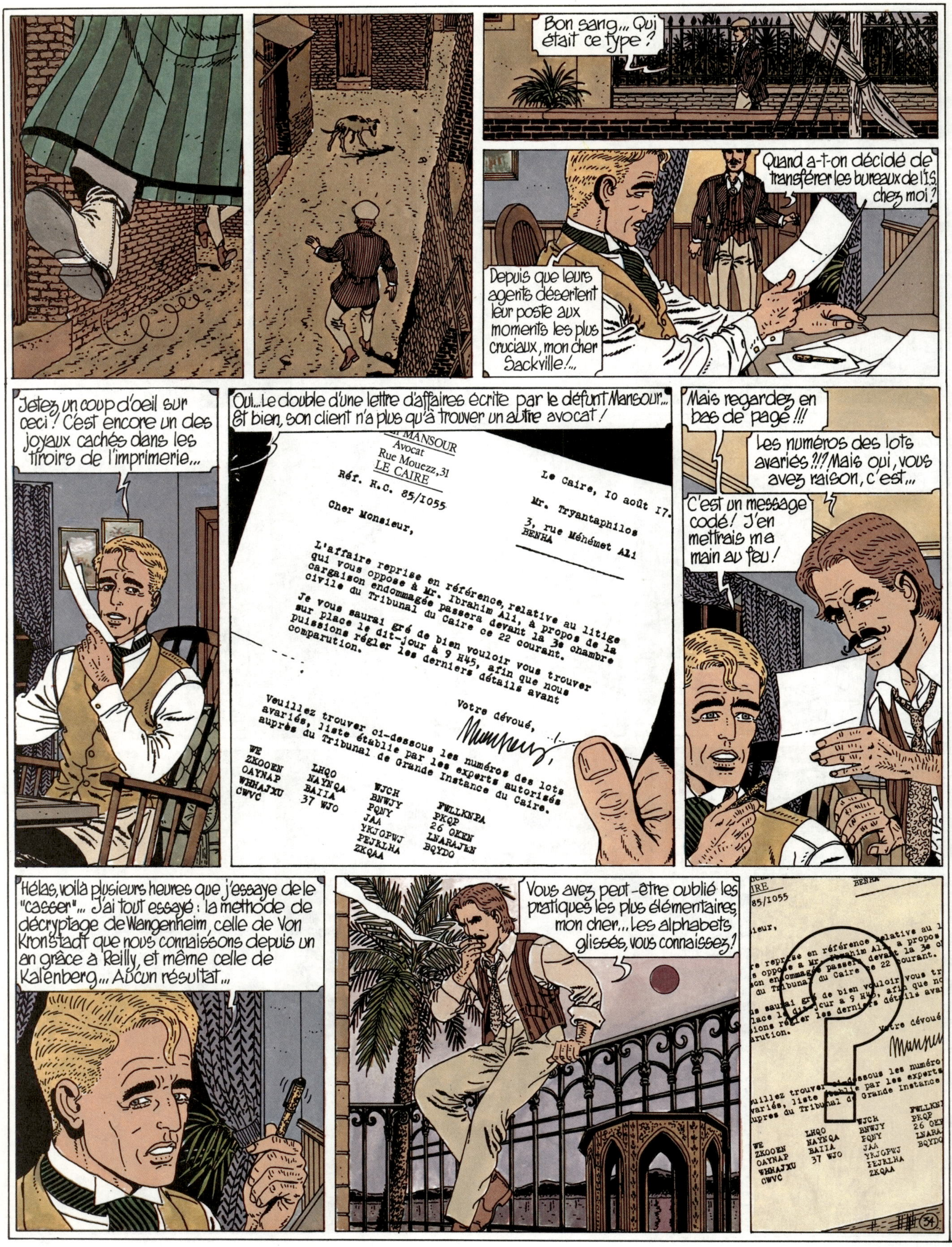

Bon sang... Qui était ce type ?
Quand a-t-on décidé de transférer les bureaux de l'I.S. chez moi ?
Depuis que leurs agents désertent leur poste aux moments les plus cruciaux, mon cher Sackville !...
Jetez un coup d'oeil sur ceci ! C'est encore un des joyaux cachés dans les tiroirs de l'imprimerie...
Oui... Le double d'une lettre d'affaires écrite par le défunt Mansour... Et bien, son client n'a plus qu'à trouver un autre avocat !
MANSOUR
Avocat
Rue Mouezz, 31
LE CAIRE
Réf. H.C. 85/1055
Le Caire, 10 août 17.
Mr. Tryantaphilos
3, rue Méhémet Ali
BENHA
Cher Monsieur,
L'affaire reprise en référence, relative au litige qui vous oppose à Mr. Ibrahim Ali, à propos de la cargaison endommagée passera devant la 3e chambre civile du Tribunal du Caire ce 22 courant.
Je vous saurai gré de bien vouloir vous trouver sur place le dit-jour à 9 H45, afin que nous puissions régler les derniers détails avant comparution.
Votre dévoué,
Veuillez trouver ci-dessous les numéros des lots avariés, liste établie par les experts autorisés auprès du Tribunal de Grande Instance du Caire.
WE
ZKOOEN
OAYNAP
WHHAJXU
CWVC
LHQO
NAYNQA
BAIIA
37 WJO
WJCH
BNWJY
PQNY
JAA
YKJOPWJ
PEJKLHA
ZKQAA
FWLLKNPA
PKQP
26 OKEN
LNARAJEN
BQYDO
Mais regardez en bas de page !!!
Les numéros des lots avariés ?!? Mais oui, vous avez raison, c'est...
C'est un message codé ! J'en mettrais ma main au feu !
Hélas, voilà plusieurs heures que j'essaye de le "casser"... J'ai tout essayé : la méthode de décryptage de Wangenheim, celle de Von Kronstadt que nous connaissons depuis un an grâce à Reilly, et même celle de Kalenberg... Aucun résultat...
Vous avez peut-être oublié les pratiques les plus élémentaires, mon cher... Les alphabets glissés, vous connaissez ?

Un peu plus tard...
... Le P est en réalité un T... Le K est un... voyons... c'est un O... Le Q devient un U, et le P... c'est évident... 26... soir...
Nous sommes sur la bonne piste, Sackville! Il s'agit bien du front d'Allenby à Gaza!
WE → AI
ZKOOEN → DOSSIER
OAYNAP → SECRET
WHHAJXU → ALLENBY
CWVC → GAZA
LHQO → PLUS
AYNQA → RECRUE
..V...E...N...I...R... F...U...C...H...S... Sackville! Vous entendez? Fuchs! Nous avons retrouvé Fuchs!!
Quand on parle du loup! Ainsi donc, c'est chez Fuchs que devait parvenir notre dossier d'intoxication!
Quant à la recrue "douée", ce ne peut être que notre belle comtesse Despina qui est à présent derrière les verrous du 1e bureau!
→ CONSTAN
ZKQAA → TINOPLE
→ DOUÉE
FWLLKNPA → J'APPORTE
PKQP → TOUT
26 OKEN → 26 SOIR
LNARAJEN → PRÉVENIR
BQYDO → FUCHS
AI DOSSIER SECRET ALLENBY GAZA PLUS RECRUE FEMME 37 ANS ANGL. FRANC. TURC NÉE CONSTANTINO... DOUÉE. J'APPORTE TOUT 26 SOIR ...ENIR FUCHS.
Enfin, nous avons tout de même quelque chose à nous mettre sous la dent... Ce Fuchs, réfugié à Benha, aura bientôt de nos nouvelles, isn't it?
Dommage...
Ce décryptage vous a épuisé, mon cher... Allez dormir et déjeunons ensemble au Shepard, demain...
Good night, Tompkins!...

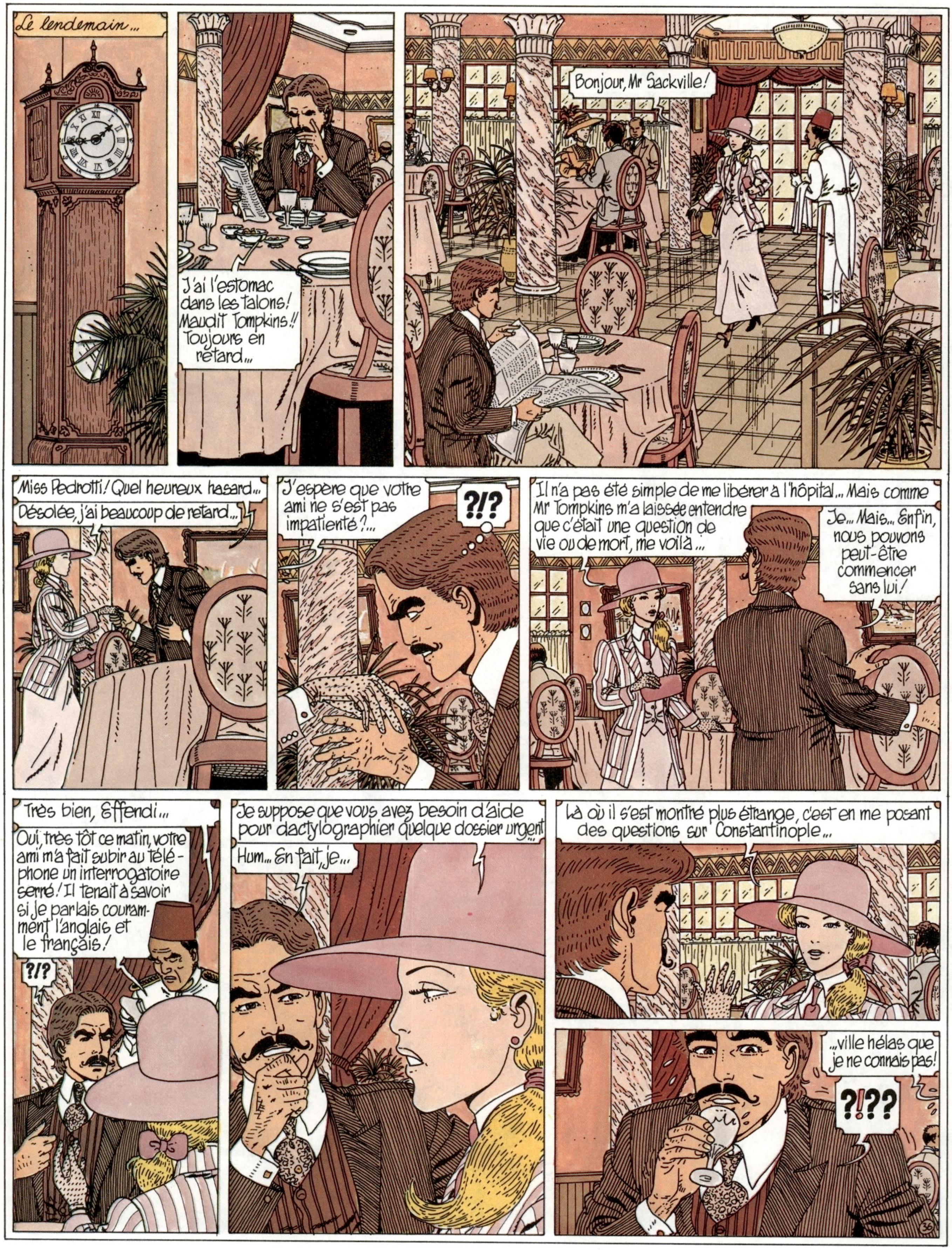
Le lendemain...
J'ai l'estomac dans les talons! Maudit Tompkins!! Toujours en retard...
Bonjour, Mr Sackville!
Miss Pedrotti! Quel heureux hasard...
Désolée, j'ai beaucoup de retard...
J'espère que votre ami ne s'est pas impatienté?...
?!?
Il n'a pas été simple de me libérer à l'hôpital... Mais comme Mr Tompkins m'a laissée entendre que c'était une question de vie ou de mort, me voilà...
Je... Mais... Enfin, nous pouvons peut-être commencer sans lui!
Très bien, Effendi...
Oui, très tôt ce matin, votre ami m'a fait subir au téléphone un interrogatoire serré! Il tenait à savoir si je parlais couramment l'anglais et le français!
?!?
Je suppose que vous avez besoin d'aide pour dactylographier quelque dossier urgent
Hum... En fait, je...
Là où il s'est montré plus étrange, c'est en me posant des questions sur Constantinople...
...ville hélas que je ne connais pas!
?!??

Je crois que vous rêvez un peu, Miss Pedrotti... Notre métier n'a rien de romanesque... Vous êtes beaucoup plus utile en soignant nos soldats!
Pourtant, vous sacrifiez toute votre vie à votre pays... vous...
Sorry...
Oh! Je...
Je voulais vous dire, Mr Sackville, si vous avez besoin d'aide, vous pouvez compter sur moi...
C'est bien de cela qu'il s'agit, Miss! Nous avons besoin de vos services! Êtes-vous prête à devenir Comtesse?
?
Et en fin d'après-midi...
...Et Sylvana, alias la comtesse, n'aura qu'à prétendre que Mansour lui a livré le dossier avant de mourir!...
Vous n'avez pas l'air de comprendre les risques que cela implique pour cette jeune fille!!
Si Fuchs découvre qu'elle n'est pas la personne qu'on lui a recommandée, c'est pour elle la mort certaine!
Comment voudriez-vous qu'il l'apprenne? La vieillir de dix ans sera un jeu d'enfant...
My God!... Pensez-vous qu'elle puisse apprendre le turc en trois jours? Et si Fuchs lui parle de Constantinople où elle n'a jamais mis les pieds?
Un bon guide touristique fera l'affaire!
37

Mardi...
La Corne d'or?... Elle partage la partie Europe de Constantinople en deux fractions : la vieille ville au sud et Beyoğlu au nord...
Le palais Topkapi voisine avec Sainte-Sophie, tout près de la Mosquée Bleue...
Mercredi...
...Evet... Günaydin... Iyi akşamlar... ...Merhaba... ...Afferdersiniz...
Non!... Je ne pourrai jamais...
Cette aventure est une folie, je le savais... Ne pleurez plus... Nous trouverons une autre solution...
Excusez-moi... la fatigue... Où en étions-nous?... Caniniz Sağ Olsun... Geçmiş Olsun!...
Jeudi...
Oh, bien sûr, après mon mariage avec le docteur Storch, j'ai vécu en France... Mais, c'est en 1914... oh, pardon, en 1912, après mon divorce, que j'ai commencé à m'intéresser à la politique du Kaiser...
Parfait! Celle-ci me paraît convenir! Qu'en pensez-vous?
Et ce soir-là, au Shepheard...
Vous n'avez rien contre le jeu du hasard, isn't it? À vous l'honneur!...
38

Pas mal du tout pour un débutant...
Malédiction! Comment est-ce possible?! Eh bien, cher Sackville, vous avez gagné! Ce sera à vous de jouer à l'ange gardien auprès de notre belle amie...
Malheureux au jeu, heureux en amour!! Ah! Ah! Ah!
Comtesse, vous êtes superbe...
Vous... Vous êtes méconnaissable, Miss Sylvana...
Nous voilà donc dans l'antre de l'espionnage international!... Idéal pour une initiation... Nous allons dîner?...
Le lendemain matin...
Ho-hisse, ho-hisse, sur le Nil...
39

Pendant ce temps, au Caire...
Et l'après-midi...
CLARE
Tendue ?
Moi ? Pas du tout ! J'essaye de me souvenir de mes cours de théâtre... Serai-je aussi convaincante que dans le rôle d'Antigone ?...
40

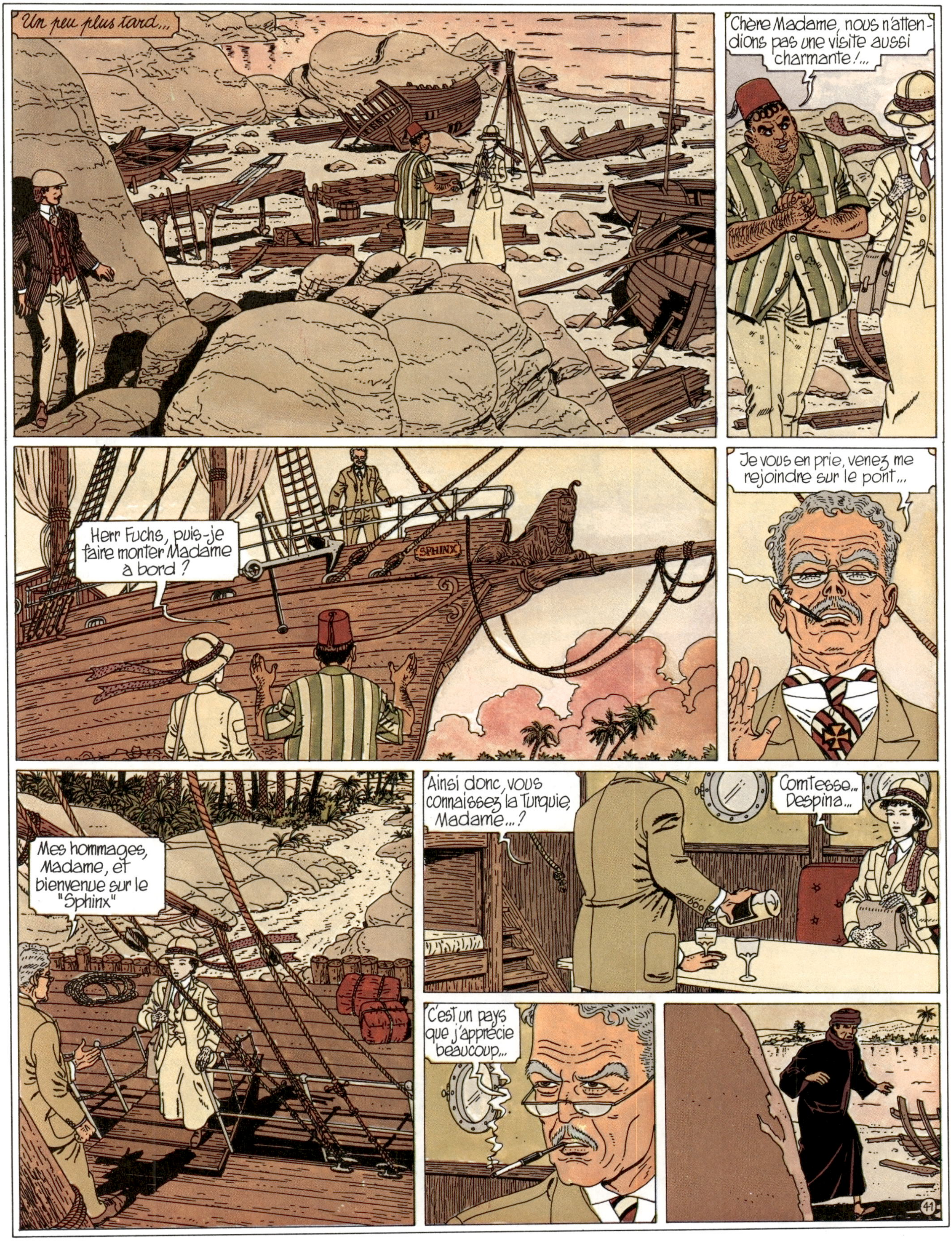

Un peu plus tard...
Chère Madame, nous n'attendions pas une visite aussi charmante !...
Herr Fuchs, puis-je faire monter Madame à bord ?
SPHINX
Je vous en prie, venez me rejoindre sur le pont...
Mes hommages, Madame, et bienvenue sur le "Sphinx"
Ainsi donc, vous connaissez la Turquie, Madame...?
Comtesse... Despina...
C'est un pays que j'apprécie beaucoup...
41

...Oui, vous avez raison, mein Herr, nous avons tous pensé que Mansour commettait une folie en voulant agir lui-même. Beaucoup d'hommes du Wasb-el-Watan étaient prêts à donner leur vie...
Chère Madame, le plus étonnant, c'est que vous soyez parvenue jusqu'à moi... Mon organisation prévoit des cellules sans contact. Et au Caire, deux hommes seulement connaissent mon repaire...
Alors Mansour a commis une entorse à vos ordres: il avait laissé à mon intention un message qui ne me parviendrait qu'en cas d'accident...
Et je connaissais trop l'importance de ce dossier pour le remettre en d'autres mains que les vôtres...
En effet... Du premier choix...
My God! El Akkad ?!!... Il faut l'empêcher de voir Fuchs!

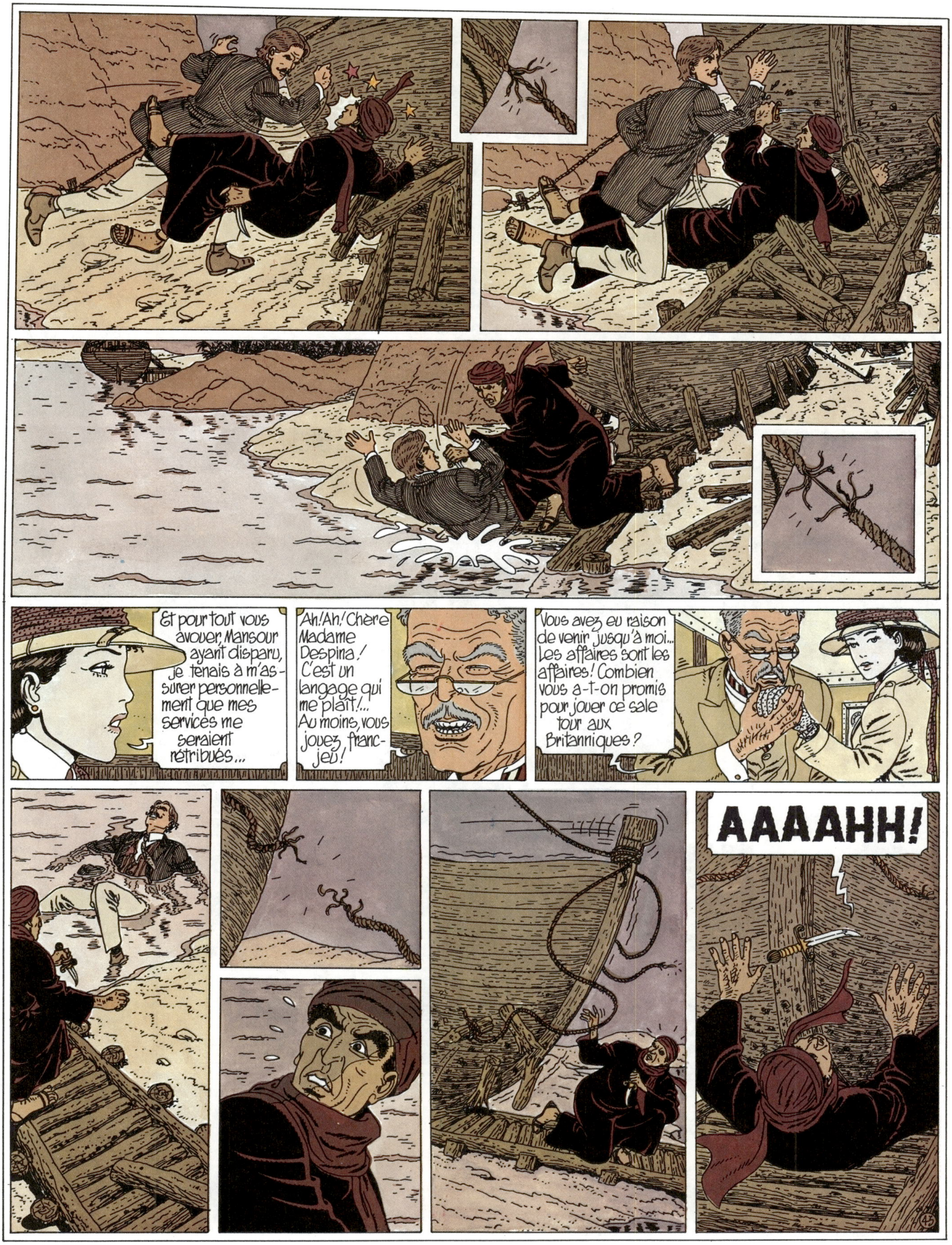
Et pour tout vous avouer, Mansour ayant disparu, je tenais à m'assurer personnellement que mes services me seraient rétribués...
Ah! Ah! Chère Madame Despina! C'est un langage qui me plaît!... Au moins, vous jouez franc-jeu!
Vous avez eu raison de venir jusqu'à moi... Les affaires sont les affaires! Combien vous a-t-on promis pour jouer ce sale tour aux Britanniques?
AAAAHH!

KRAAAK!
Teufel! Tryantaphilos?! Que se passe-t-il?
J'y vais, patron! J'y vais!
Nom de... L'étançon devait être pourri... Il s'est brisé d'un coup!
?
CRRR
Ah! Ah! C'était donc vous! Je vous croyais plus discret, Sackville! Il ne...
Alors? Tu as trouvé quelque chose?
Rien! Juste une famille de rats! Ton chantier, Effendi, est infesté par la vermine!
Bel objet! "Il me vient d'un ami très cher"... Mais, c'était Decamp!!!

De toute façon c'était un débris, cette coque!
Herr Fuchs, votre boutre pour Port-Saïd est prêt.
Rien de grave.
Mansour avait raison, vous êtes une recrue de premier choix, comtesse...
Le dossier va nous permettre de porter un grand coup du côté de la ligne de Gaza. La victoire sera en partie la vôtre... À bientôt, Fraulein.
Au revoir, Mein Herr...
Deux jours plus tard...
Et bien, Monsieur Ducholet, je vous croyais plus gourmand...
Hélas, Mademoiselle, je dois vous l'avouer: un ulcère à l'estomac m'interdit les excès...
C'est le calvaire de toute une vie...
Avouez, Sackville, que Decamp porte très bien la galabieh! Il regrette de ne pas être des nôtres, mais des affaires urgentes l'appellent à Port-Saïd...
Ainsi donc, Decamp travaille pour le 2e Bureau!
Eh oui! C'est lui que nous avons choisi pour infiltrer les extrémistes du Caire. Lui-même était sur la piste de Fuchs...
45

PRINTED IN BELGIUM BY proost INTERNATIONAL BOOK PRODUCTION

THEATRE ROYAL
JULES VERNE
LE
RAYON
VERT
HETZEL